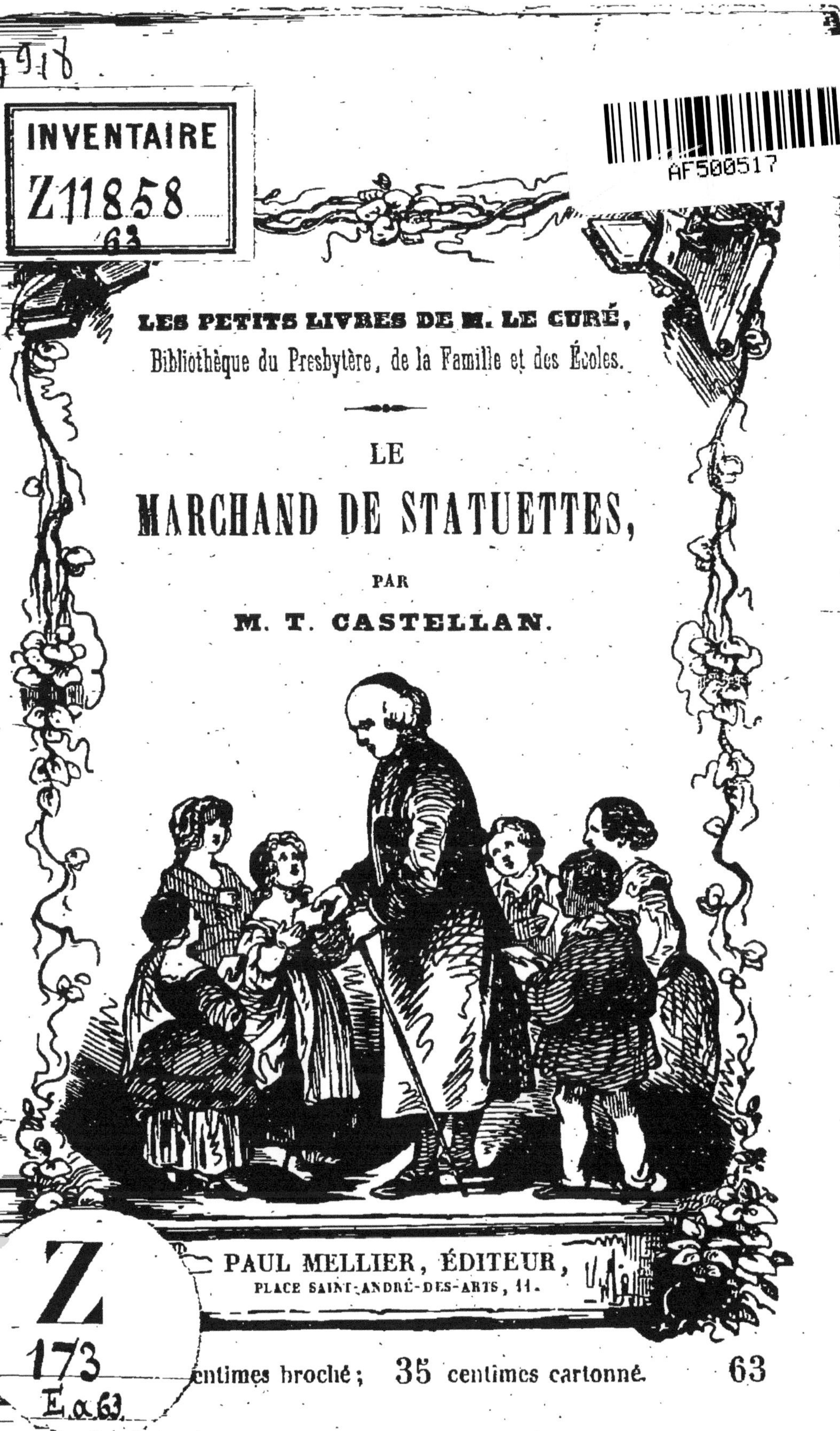

LES PETITS LIVRES DE M. LE CURÉ,

Bibliothèque du Presbytère, de la Famille et des Écoles.

LE MARCHAND DE STATUETTES,

PAR

M. T. CASTELLAN.

PAUL MELLIER, ÉDITEUR,
PLACE SAINT-ANDRÉ-DES-ARTS, 11.

centimes broché; 35 centimes cartonné. 63

LE MARCHAND

DE STATUETTES.

Approbation de Mgr l'Archevêque de Paris.

DENIS-AUGUSTE AFFRE, par la miséricorde divine et la grâce du Saint-Siége Apostolique, Archevêque de Paris.

MM. Plon et Paul Mellier, éditeurs, ayant soumis à notre approbation les ouvrages ci-dessous indiqués, faisant partie d'une collection ayant pour titre : LES PETITS LIVRES DE M. LE CURÉ, BIBLIOTHÈQUE DU PRESBYTÈRE, DE LA FAMILLE ET DES ÉCOLES, savoir : *Petite Histoire de Belgique*, tomes 3 et 4; *Vie de saint François de Sales*, 1 vol.; *l'Espiègle d'Anvers*, 1 vol.; *la Famille du Pêcheur*, 1 vol.; *Une jeune Fille du Peuple*, 1 vol.; *le Bon Curé Bénédict*, 1 vol ; *les Histoires de mon oncle Samuel*, 1 vol.; *le Marchand de Statuettes*, 1 vol.; *les Papillons et les Enfants*, 1 vol.; *le Bon Génie*, 1 vol.; *Annette et Joseph*, 1 vol., *Marco Visconti*, 1 vol.; *l'Orphelin*, 1 vol.; *le Vrai Trésor*, 1 vol.; *Histoire des principales Eglises de Paris*, 1 vol.,

Nous les avons fait examiner, et, sur le rapport qui nous en a été fait, nous avons cru qu'ils pouvaient offrir aux personnes auxquelles ils sont destinés une lecture intéressante et sans danger.

Donné à Paris, sous le seing de notre Vicaire-Général, le sceau de nos armes et le contre-seing de notre Secrétaire, le vingt-deux janvier mil huit cent quarante-cinq.

F. DUPANLOUP, *Vicaire-Général.*

Par Mandement de Monseigneur
l'Archevêque de Paris :

E. HIRON, *Chanoine honoraire, pro-secrétaire.*

IMPRIMÉ PAR PLON FRÈRES, A PARIS.

LES

PETITS LIVRES DE M. LE CURÉ,

BIBLIOTHÈQUE

du Presbytère, de la Famille et des Écoles.

LE MARCHAND DE STATUETTES,

PAR

M. T. CASTELLAN.

PARIS,

PAUL MELLIER, LIBRAIRE-ÉDITEUR,

PLACE SAINT-ANDRÉ-DES-ARTS, 11.

LE MARCHAND

DE STATUETTES.

Il est neuf heures ; ma toilette est terminée ; que faire en attendant Arthur ? Je prends au hasard un volume dans ma bibliothèque ; je l'ouvre : ô bonheur ! c'est Chateaubriand ! Je pousse bien vite mon fauteuil au coin de mon feu ; et me voilà sous le charme du grand écrivain, oubliant mon ami et la société où il devait me conduire.

Tout à coup on sonne : c'est Arthur.

« Déjà ? lui dis-je.

— Comment, déjà ! »

Je regarde ma pendule : onze heures !

« C'est une bonne heure, me dit Arthur ; ma voiture est à la porte : descendons.

— Et où allons-nous ?

— Ne m'avez-vous pas témoigné le désir de voir une des belles réunions de Paris ?

— Sans doute.

— Venez donc.

— Mais où ?

— Chez le duc de Ronzoni.

— Le duc de Ronzoni ! moi !

— N'ayez donc pas peur. Cocher, rue de Bourgogne. »

Et nous voilà partis.

Malgré l'heure avancée et l'intensité du froid, la foule abonde sur les boulevards et dans les rues adjacentes ; les passages et les magasins sont encombrés ; on se pousse, on se coudoie, on s'arrête, on cause, on se questionne. Les voitures retentissent sur le pavé : c'est un bruit, une vie, une confusion inimaginables : il semble qu'on ne dort point à Paris. C'est qu'en effet, à cette époque de l'année, on ne songe guère au sommeil : on était alors au 22 décembre. Mais transportez-vous de l'autre côté de la rivière ; pénétrez dans quelques parties du faubourg Saint-Germain, vous vous croirez à cent lieues de la capitale. Là, tout est calme et silencieux. Pas de magasins splendides devant lesquels les oisifs s'arrêtent ; pas de bazars resplendissants de lumières, où l'on vient admirer les merveilles de notre industrie. A cette heure, ces quartiers sont déserts. Les quelques marchands qui les habitent ont depuis long-temps fermé leurs boutiques pour se livrer au repos. Cette nuit-là, le palais Bourbon, ordinairement si paisible, se réveille en sursaut ; un bruit inaccoutumé l'avait tout à coup arraché au sommeil. Le géant s'inquiète ; il écoute ; il regarde. De nombreux équipages aux panneaux armoriés traversaient la place et entraient rapidement dans la rue de Bourgogne. Des gens à pied, enveloppés de leurs manteaux, conversaient à haute voix, en suivant aussi la même direction. Parvenus à l'extrémité de la rue, ils s'arrêtent en face d'un superbe hôtel où un groupe considérable était déjà rassemblé. C'est dans la cour de cet hôtel que toutes les voitures arrivent successivement. A la mise des personnes qui en descendent, il est aisé de voir que ce n'est point à une fête frivole qu'elles sont invitées : toutes ont la démarche grave et posée et se dirigent silencieusement vers le péristyle. Dans le fond, à la clarté des becs de gaz qui illuminent l'entrée, on distingue les premières marches d'un large escalier par lequel les visiteurs disparaissent aux yeux des curieux : c'était pour assister à ce spectacle que cette foule bravait les rigueurs de l'atmosphère.

« Nous voici chez le duc, me dit Arthur. Tous les samedis il y a semblable réunion chez lui; elles sont fort dignes, je vous assure. Suivez-moi, montons. Regardez, ajouta-t-il quand nous fûmes entrés dans une première pièce, au fond de laquelle s'ouvrait un salon où on apercevait déjà une nombreuse société. Vous voyez là toutes les célébrités de notre époque. C'est que le duc de Ronzoni, d'une des plus riches et des plus nobles familles d'Italie, est recherché de tous les gens de bien. Tout le monde rend justice à ses belles qualités, à ses principes religieux, qu'il met en pratique sans faste et sans ostentation. Toutes ses actions sont empreintes de cette humilité qui est la première vertu d'une âme fermement chrétienne. Il possède une foi vraie et dont il est si profondément pénétré, que rien ne saurait l'ébranler. C'est, en un mot, un homme généralement et justement estimé. Plus tard je vous présenterai à lui. Vous verrez aussi son gendre, et je suis sûr que vous me remercierez de vous l'avoir fait connaître.

— Tenez, le voilà là-bas, debout dans l'embrasure de cette fenêtre : c'est ce jeune homme à la taille élancée ; sa mise est recherchée et de fort bon goût. On s'empresse aussi autour de lui ; ses amis le complimentent, le félicitent. Avec quelle modestie il reçoit leurs hommages ! Et pourtant nul n'est plus digne que lui d'un tel bonheur. Regardez-le bien : ses traits ne sont peut-être pas d'une régularité parfaite ; mais où trouver plus de douceur, plus de franchise, plus d'énergie et de loyauté ? C'est un miroir fidèle où viennent se refléter toutes les qualités de son âme : sur son front brille le feu du génie.

— Mais quel est-il donc ? Quelque descendant d'une famille illustre : comte, marquis ou duc, comme le père de celle dont il est l'époux ?

— Point du tout, c'est un artiste.

— Un artiste !

— Un peintre distingué.

— Vous m'étonnez. Eh quoi ! le duc de Ronzoni...

— Est grand par sa naissance ; plus grand encore par les sentiments : ce qu'il fait dans cette circonstance le prouve. Le talent que ce jeune homme possède, c'est à lui qu'il le doit ; cette brillante éducation, c'est par ses soins qu'il l'a reçue ; et, quoique d'une naissance obscure, il lui donne aujourd'hui la main de sa fille. Cela vous étonne. Je vous le répète : le duc est grand ; la voix de la reconnaissauce a fait taire dans son cœur les préjugés de sa caste. C'est une action sublime, et qui, à mes yeux, a cent fois plus de prix que tous les parchemins du monde.

— Mais quel service assez important ce jeune homme a-t-il pu rendre au duc qui lui ait mérité l'honneur d'une telle alliance ?

— Lui, personnellement, aucun.

— Alors, je ne comprends pas...

— Pour certains hommes la reconnaissance est héréditaire : c'est un titre qui ne périt jamais. Selon eux, une dette n'est point éteinte tant qu'il existe un descendant de celui envers qui ils l'ont contractée.

— Ce sont de beaux sentiments, sans doute ;

mais tout en rendant justice aux nobles qualités du duc, j'avoue que, pour le reconnaître ainsi, il faut que ce service soit immense.

— Comme vous le dites : il y allait de sa vie.

— En vérité! Contez-moi donc ça, je vous prie.

— Avec plaisir. Justement, les conversations paraissent engagées de tous côtés dans le salon, et si vous êtes disposé à m'écouter, nous ferons notre apparition tout à l'heure.

— Volontiers, je suis impatient de vous entendre.

— Eh bien! restons ici; asseyons-nous sur cette causeuse : je vous conterai cette histoire. Vous trouverez sans doute que l'honnête Jacomo, qui joue dans cette histoire un rôle si noble, si intéressant, n'aurait pas dû avoir recours au mensonge, même pour sauver la vie à son semblable. J'en conviens avec vous, parce que dans aucun cas le mensonge ne peut s'excuser, et je le blâme moi-même de l'avoir employé, quoiqu'il ait fait preuve dans cette circonstance d'une générosité sublime et d'un dévouement qu'on ne saurait trop admirer. Voici le fait.

— Vous vous souvenez de la conspiration

qui éclata en 1820 dans le royaume de Naples, la fameuse carbonaria ?

— Assurément.

— Le roi, effrayé des menaces de l'Autriche, abolit tout à coup la constitution d'Espagne qu'il avait accordée à ses sujets, et que lui-même avait proclamée avec enthousiasme.

— Je le sais.

— Ce fut ce qui détermina la crise.

— Oui.

— Vous savez aussi quelle rigueur Ferdinand

déploya contre les principaux conjurés, quels que fussent leur rang et leur naissance.

— Je me le rappelle.

— Ils furent condamnés à mort ou proscrits et tous leurs biens confisqués. Ceux qui à l'aide d'un déguisement parvinrent à s'échapper ne le firent qu'à travers mille dangers. Leur tête était mise à prix ; et la plupart, après bien des fatigues, après bien des privations de toute espèce, étaient découverts ou trahis, arrêtés et livrés aux mains des bourreaux.

Le fils du roi s'était déclaré pour la constitution, et avait juré de la maintenir. Le duc, dévoué au prince, crut de son devoir de ne point l'abandonner ; il s'attacha à sa fortune, et le voilà, malgré ses principes, malgré son amour pour l'ordre et la paix, impliqué dans la conspiration et désigné pour en être un des chefs. Forcé de songer à son salut, il s'échappa de chez lui quelques instants avant l'arrivée des satellites chargés de l'arrêter. Sa femme voulut partager son sort ; elle le suivit avec son fils Mario, âgé de six ans. Des ordres furent donnés dans toutes les villes du royaume pour s'emparer de sa personne ; des troupes furent envoyées de tous côtés, avec pouvoir de s'introduire dans les maisons et d'y faire des perquisitions : on promit une forte récompense à quiconque le livrerait mort ou vif. Vous jugez combien, avec de telles mesures, sa position devait être affreuse. Ils ne marchaient que de nuit, évitant les grandes routes et les villes. Le duc avait eu soin de se munir d'une ceinture remplie d'or ; mais cette précaution ne les mit pas toujours à l'abri des besoins. Dans les campagnes, ils étaient l'objet de toutes les conversations ; et souvent les propos des paysans qu'ils rencontraient leur signalaient l'approche d'un grand danger. Alors, de quelque temps, ils n'osaient se montrer dans un endroit habité pour y acheter du pain ; et plus d'une fois ils ont enduré les angoisses de la faim.

Un matin, à la pointe du jour, ils arrivèrent au fond d'un ravin par une pente escarpée. Ce lieu était désert ; ils s'y arrêtèrent, espérant trouver là un refuge certain où ils pourraient passer la journée sans risquer d'être découverts. Accablés de fatigue, ils s'assirent sur une pierre recouverte de mousse pour s'y reposer. Le duc sortit d'un havresac, attaché en bandoulière, des provisions qu'il s'était procurées la veille avec beaucoup de peine, et ils se disposaient à faire là un repas bien modeste mais bien nécessaire, — ils n'avaient rien pris depuis vingt-quatre heures, — lorsqu'en face d'eux, au haut du chemin dont la ligne se prolongeait au delà du ravin, en gravissant le versant de la montagne opposé à celui qu'ils venaient de descendre, ils aperçoivent un homme qui se dirigeait de leur côté. Ils ont peur et veulent prendre la fuite. Au même instant, sur l'autre point élevé, celui par lequel ils étaient arrivés, ils voient briller sous les premiers rayons du soleil, l'uniforme des carabiniers.

« Nous sommes perdus ! » dit la duchesse.

A la vue des soldats, le petit Mario jette un cri, et, dans sa frayeur, il court se réfugier derrière un massif de vigne vierge qui tapissait les flancs du rocher.

« Maman ! papa ! cria l'enfant ; ici, ici : nous sommes sauvés ! »

Le duc et sa femme accoururent à la voix de leur fils. O bonheur ! c'était une caverne dont les plantes sarmenteuses masquaient si bien l'entrée qu'il était impossible d'en soupçonner l'existence.

Ce mouvement les avait fait remarquer par le brigadier, qui marchait à quelques pas en avant de ses camarades.

« C'est lui, s'écria-t-il, c'est le duc ! Suivez-moi, amis, suivez-moi ! »

Et il pressa son cheval autant que la nature du terrain le permettait. Mais la caverne était précisément située au bas du versant sur lequel il se trouvait, de sorte qu'avant que les fugitifs l'eussent atteinte, il les avait déjà perdus de vue. Quand les cavaliers arrivèrent, ils ne virent personne. L'homme, au contraire, avait été témoin de cette scène; sa position l'avait mis à même de tout voir : rien ne lui avait échappé. Quand la duchesse se vit au fond de cette retraite où le jour ne pénétrait pas, elle se jeta à genoux sur la terre humide :

« Mon Dieu, dit-elle, je n'ai d'espoir qu'en vous! Sauvez-nous de la fureur de nos ennemis : c'est pour mon époux, c'est pour mon fils que je vous implore; protégez-les, mon Dieu, ne les abandonnez pas! »

A peine a-t-elle achevé cette courte prière qu'un bruit sourd retentit; elle prête l'oreille : c'était le pas des chevaux qui résonnait sur le sol rocailleux, puis des voix humaines qui se rapprochaient; enfin elle entend distinctement ces mots :

« Ils sont ici, j'en suis certain.

— Mais où donc? disait un autre.

— Derrière quelque fourré ou quelque bloc

de rocher ; mais, pour sûr, je les ai vus : cherchons bien, nous les trouverons. »

Ils visitèrent partout, sondant avec la crosse de leur fusil, souvent même avec la baïonnette, tous les endroits qui leur paraissaient propres à servir de refuge. Mais le ciel veillait sur les malheureux proscrits : l'entrée de la caverne échappa à la recherche des soldats.

« C'est une vision de Mathéo, dit l'un d'eux.

— Vision tant que vous voudrez; mais j'ai vu ce que j'ai vu.

— Les mille ducats de récompense ont troublé la cervelle du brigadier, ajouta un troisième ; il voit des ducs partout.

— C'est possible; mais si jamais ils tombent dans mon escarcelle, je te réponds qu'ils n'en sortiront pas pour passer dans la tienne.

— Tu ne les tiens pas encore.

— Peut-être, reprit Mathéo; en attendant voici quelque chose qui me prouve qu'ils ne sont pas loin, et je ne bouge pas d'ici. »

Il venait de découvrir les provisions étalées sur la pierre.

« Ça ne prouve rien, camarade, » dit une voix tout près de lui.

C'était l'étranger qui venait d'arriver.

« Qui êtes-vous? Que voulez-vous? lui demande le brigadier.

— Qui je suis? un homme qui en sait plus que vous. Ce que je veux? vous donner un conseil ; et si, vous voulez le suivre, je vous réponds qu'avant peu ceux que vous cherchez seront en votre pouvoir.

— Dis-tu vrai?

— De là-haut, ajouta-t-il en montrant le côté par lequel il était descendu, j'étais mieux placé que vous pour tout voir, et je sais où ils sont. »

La pauvre mère frémit en entendant ces paroles ; elle attira son mari à elle, prit son enfant dans ses bras, et, les yeux levés au ciel, elle implora de nouveau la miséricorde de Dieu.

« Touchez là, camarade, dit le brigadier ; vous aurez votre part du butin, si vous nous mettez sur les traces du duc.

— Le duc !

— Oui, le duc de Ronzoni.

— Le duc de Ronzoni ! fameuse prise, ma foi !

— Je le crois bien ! et mille ducats au bout, ce qui vaut encore mieux !

— Eh bien, mes amis, vous voyez bien ce

petit sentier que l'on aperçoit d'ici, là-bas, à travers les branches de ces saules.

— Oui.

— C'est par là que le duc a pris.

— En avant, marche ! s'écria le brigadier.

— Un moment, un moment, dit l'étranger en l'arrêtant ; vous allez comme des étourneaux. A un mille d'ici environ, le sentier se divise en deux branches ; l'une fait le tour de la montagne et vient aboutir à l'endroit où nous sommes ; l'autre se prolonge dans la plaine, traverse un petit bois que vous verrez à votre gauche et va rejoindre la grande route. Vous sentez bien que, si vous prenez tous la même direction, vos fugitifs peuvent vous échapper ; au lieu qu'en passant une partie d'un côté, une partie de l'autre, vous êtes sûrs de ne pas les manquer.

— C'est bien pensé. Allons, camarades, en route !

— Et moi, je vous attends ici.

— Oui, oui.

— Et vous me donnerez la part de la récompense ?

— Sans doute, sans doute.

— Compte là-dessus ! grommela le carabinier.

Quand l'étranger se vit seul, il alla ramasser les provisions, qui se composaient d'un pain, de quelques fruits et d'une bouteille de vin ; puis, écartant les branches de la vigne vierge, il avança la tête à l'entrée de la caverne, et appela à voix basse :

« Monsieur le duc ! monsieur le duc ! »

Ils tressaillirent tous les trois ; mais aucun d'eux n'osa répondre.

« Monsieur le duc ! monsieur le duc ! fit-il une seconde fois.

— Que voulez-vous? » dit une voix.

C'était le duc qui s'était avancé.

« Rassurez-vous, monsieur le duc; ils sont loin; mais ils reviendront. N'importe! reprenez courage, ainsi que madame. Ne sortez pas de cette retraite où vous êtes en sûreté; je viendrai vous avertir quand le danger sera passé.

— Qui êtes-vous donc? lui demanda le duc.

— Un homme que votre sort intéresse, que l'acharnement de vos ennemis indigne, et voilà tout.

— Ah! monsieur, dit la duchesse, que ces paroles avaient enhardie; une pareille conduite...

— Est toute simple, madame; vous êtes malheureux : Dieu ne dit-il pas de secourir ses semblables.

— Comment reconnaître...

— Ça n'en vaut pas la peine, madame. Mais prenez ces provisions dont vous devez avoir grand besoin, et calmez votre frayeur; je veille sur vous.

— Oh! merci, notre sauveur, merci!

— De rien, madame; mais j'entends les carabiniers qui reviennent; rentrez dans cette caverne, et n'en sortez que lorsque je viendrai vous chercher. »

Il rejoignit soigneusement les branches, et fut s'asseoir sur la pierre recouverte de mousse.

« Eh bien! s'écria-t-il du plus loin qu'il aperçut les carabiniers, qui revenaient après avoir tourné la montagne.

— Personne, répondit l'un d'eux : les camarades auront peut-être plus de chance.

— C'est probable. »

Un instant après les autres arrivèrent; et, comme vous le pensez, ils ne ramenaient pas le duc.

« Eh bien! brigadier, répéta l'étranger, en s'adressant à Mathéo qui marchait à leur tête.

— Ni duc, ni duchesse, reprit celui-ci.

— Vous êtes tous des maladroits; ou plutôt je suis sûr que vous les avez laissés échapper, tout exprès pour me frustrer de ma part de la récompense.

— Les laisser échapper! je jure bien que telle n'a pas été mon intention. Mais ces choses-là ne sont faites que pour moi : rien ne me réussit. Courir pendant une heure par des chemins à se rompre le cou, et cela pour rien. Aussi, j'ai une soif... Mais j'y pense, il y avait là une bouteille... Eh bien! où est-elle ?

— Elle n'y est plus, dit l'étranger; j'avais soif aussi, je lui ai dit quelques mots; et quand elle n'a plus su que répondre, je l'ai jetée dans le ruisseau.

— Et le pain et les fruits?

— Tout y a passé.

— Peste! mon camarade...

— Ma foi! je m'ennuyais à vous attendre; c'était tout simplement pour tuer le temps.

— C'est un moyen comme un autre de se distraire.

— N'est-ce pas? Mais vous vous amusez là à des balivernes, tandis que vos fugitifs se moquent de vous. Ils doivent avoir une fameuse avance à présent. Je parie qu'ils se sont dirigés vers le village de Sorrento; il y a des fondrières dans les environs où ils pourront passer le jour; la nuit ils se mettront en route, et les voilà perdus pour vous, et les mille ducats de récompense aussi.

— Non pas, non pas, s'écria Mathéo. Allons, enfants, en route! au village de Sorrento. »

Ses cavaliers s'ébranlèrent de nouveau.

« Bonne chance! dit l'étranger; moi je retourne à la maison. »

Il reprit en effet le chemin de la montagne. Quand il fut au sommet, d'où son regard embrassait une grande étendue de pays, il vit les carabiniers déjà bien loin, qui galopaient dans la direction du village. Malgré cela, jugeant bien qu'il fallait agir avec la plus grande circonspection et que la moindre imprudence pouvait faire échouer ses projets, il se posta là en sentinelle pour ne pas perdre le ravin de vue, et s'y transporter aussitôt s'il prenait fantaisie aux carabiniers d'y revenir.

Mais la nuit arriva, il n'avait vu personne. Alors il descendit de nouveau et courut à la caverne prévenir le duc qu'il pouvait sortir en toute sûreté. Le duc l'appela son sauveur, son Dieu tutélaire. La femme voulut aussi lui exprimer sa reconnaissance.

« Ma tâche n'est pas terminée, madame, lui dit-il; pourtant j'ai maintenant bon espoir. Mais ne perdons pas un instant, surtout du silence et suivez-moi. »

En achevant ces mots, il prit l'enfant dans ses bras; la mère le suivit en s'appuyant sur celui de son époux. Alors ils prirent à droite un petit sentier détourné qui, après une heure de marche, à travers des champs incultes où la ronce et la bruyère croissaient en abondance, les conduisit à une grande route. Là, il leur fallut gravir une côte longue et ardue. La duchesse était exténuée de fatigue, mais le danger qui les

menaçait ranima son courage. A mesure qu'ils avançaient, le pays changeait d'aspect, le sol devenait plus fertile, plus riant. Bientôt on entendit le bruit du marteau qui résonnait sur l'enclume, et le chant des paysans qui revenaient de leurs travaux. Un point lumineux leur apparut d'abord, puis deux, puis trois, puis tout à coup un foyer de lumières qui s'étendaient au loin sur une vaste étendue.

« Où sommes-nous donc ? demanda le duc.

— A Castellamare, répondit leur guide.

— A Castellamare ! je suis trahi ! »

En effet, sur le moment le duc se crut victime d'une trahison ; il savait que son signalement était donné dans toutes les villes, que partout des agents déguisés étaient apostés pour s'emparer de tous les individus qui leur paraîtraient suspects, et il pensa que cet homme ne l'avait délivré des mains des carabiniers que pour le livrer lui-même et gagner seul ainsi la récompense promise ; mais ce soupçon ne fit que traverser sa pensée : l'attitude fière et imposante du guide le dissipa aussitôt.

« Oh ! pardon, ajouta-t-il en lui prenant la main, je suis un ingrat.

— Vos craintes sont légitimes, monsieur le duc, lui dit celui-ci. Dans votre position, il est permis de se défier de tout le monde, et par conséquent de moi, qui vous suis inconnu.

— Encore une fois, pardon ; je vous ai offensé ; mais je me rétracte, et pour preuve, je m'abandonne à vous.

— Eh bien, suivez-moi, monsieur le duc ; nous n'entrerons pas dans la ville ; j'habite le faubourg. Mon plan est arrêté ; venez, venez chez moi, vous saurez ce que je compte faire. »

Un quart d'heure après, ils frappèrent à une

maison d'assez mince apparence. Un petit garçon de cinq ans vint leur ouvrir.

« C'est toi, père, dit l'enfant en s'élançant à son cou, tu fais bien d'arriver, car ma mère est dans une inquiétude...

— Et où est-elle ?

— Elle est allée à la ville pour te chercher. Mais comme tu es resté, père ; que t'est-il donc arrivé ?

— Rien, mon garçon ; mais approche des chaises pour que ce monsieur et cette dame puissent s'asseoir.

— Voilà, père. Oh ! comme ma mère va être contente ! car elle a été bien triste toute la journée, et quand elle a vu la nuit arriver sans toi, elle s'est mise à pleurer... Oh ! elle a bien pleuré, je t'assure, et moi aussi ; puis nous avons prié le bon Dieu ; il t'a ramené vers nous ; je le prierai bien encore ce soir pour le remercier. Ah ! voici ma mère ! je l'entends. »

Une femme entra en effet.

« Jacomo ! s'écria-t-elle en se précipitant dans les bras de son mari.

— Moi-même, Paola !

— Je t'ai cru perdu ; mais le ciel a eu pitié de mes larmes ; je te revois. »

Elle s'arrêta en apercevant les étrangers qu'elle n'avait point encore remarqués.

« Femme, dit Jacomo, il y a une bonne action à faire ; j'ai compté sur toi.

— Parle ; je suis prête.

— Tu vois ici monsieur le duc de Ronzoni et son épouse.

— Le duc de Ronzoni !

— Oui.

— Le duc de Ronzoni dont la tête est mise à prix ?

— Lui-même.

— Grand Dieu !

— Oui, madame, dit la duchesse, nous sommes ces infortunés que la colère du roi poursuit.

— Femme, il faut les sauver.

— Tu as raison, Jacomo ; mais comment ?

— Oui, mon brave, reprit le duc, quels sont vos projets ? Si je désire conserver la vie, ce n'est pas pour moi, c'est pour ma femme, pour mon fils, que ma mort réduirait au désespoir ! Mais aux dépens de votre repos, de votre liberté, peut-être même de votre vie, à vous ! jamais, jamais !

— Oui, oui, ajouta la duchesse ; à ce prix nous refusons.

— Ne craignez rien, madame, je ne cours aucun danger; ayez confiance en moi, je vous réponds du succès. Voici ce que je prétends faire. »

Le duc et la duchesse se rapprochèrent de lui; les deux enfants avaient déjà fait connaissance, et jouaient dans la chambre voisine. Jacomo, après s'être assuré que la porte de la rue était bien fermée, continua :

« Je suis mouleur de mon état ; c'est un métier dans lequel on ne fait pas fortune, mais on y gagne honnêtement sa vie. Beaucoup de mes confrères vont en France ou en Angleterre pour y exercer leur industrie. Un frère de ma femme, qui habite un village près d'ici, mouleur comme moi, a formé le projet d'aller à Londres. Il m'a écrit pour lui arrêter un passage. Je suis allé trouver un de mes amis qui est capitaine d'un lougre, et j'ai traité avec lui. Il doit partir dans huit jours. Je suis connu de toute la ville et principalement dans le port, où j'ai là quelques bonnes pratiques qui m'achètent souvent. Tout le monde sait déjà que mon beau-frère doit partir. On ne l'a jamais vu; mais c'est égal, c'est le parent de Jacomo Bonola; et moi, comme je vous le dis, depuis le plus pauvre jusqu'au plus riche, il n'y a personne qui ne me connaisse. Je suis le mouleur du pays, et je leur fournis à tous des images des saints qui, Dieu merci, se vendent ici couramment. Les papiers de mon beau-frère sont en règle; je les ai là, visés, paraphés par toutes les autorités de la ville. Je vais lui écrire que le départ du lougre est retardé pour causes majeures, que, par conséquent, il ne se dérange pas jusqu'à nouvel avis de moi; et dans huit jours vous partirez à sa place.

— Que dites-vous, s'écrièrent à la fois le duc et la duchesse.

— Vous voyez que la chose est bien facile. Jusque-là, monsieur le duc, il faudra vous résigner à passer pour le frère.

— Mais lui, votre frère, reprit le duc touché de tant de grandeur, son voyage...

— Il partira plus tard. Dans cette circonstance, le plus important, c'est vous.

— Mais quel intérêt si grand...

— Vous êtes malheureux, monsieur le duc; cela suffit. Et puis personne ici n'ignore avec quel entraînement vous avez, dans maintes circonstances, soutenu la cause du pauvre peuple, vous avez défendu ses droits, vous avez soulagé ses misères; je suis du peuple, monsieur le duc, nous sommes tous frères, et quand il s'agit de vous soustraire à vos persécuteurs, vous, notre ami, notre protecteur, j'hésiterais ! Non, non, je serais un misérable, un lâche, et je ne veux pas l'être.

— De si nobles sentiments...

— Et non, monsieur le duc, il n'y a pas de noblesse dans tout ça ; c'est justice et voilà tout. Tant pis pour celui qui ne pense pas comme moi ; il offense Dieu, qui prescrit à tout chrétien de secourir son semblable. Ainsi, voilà qui est décidé, vous partirez à bord du lougre ; mais il y a un sacrifice auquel il faut vous soumettre.

— Lequel ?

— Il faut vous séparer de madame.

— Nous séparer ! s'écria la duchesse.

— La prudence l'exige. Votre présence ici éveillerait les soupçons ; songez qu'il y va de la vie de votre époux. Nous ne devons rien négliger de ce qui peut assurer le succès de notre entreprise.

— Oui, oui, vous avez raison.

— Demain, madame, vous partirez avec ma femme ; jusqu'à Naples, vous passerez pour sa sœur, toujours pour détourner les soupçons. Vous n'êtes point comprise dans la proscription qui frappe votre mari ; vos jours ne courront aucun danger. A Naples, vous redeviendrez la duchesse de Ronzoni. On croira monsieur le duc caché dans la ville ou dans quelque endroit voisin, et pendant qu'on fera des recherches dans les alentours, nous serons moins surveillés ici. Il vous sera facile de vous embarquer sur un navire qui vous conduira à Londres, où vous vous retrouverez pour ne plus vous séparer.

Ce plan était admirablement conçu. Le duc et la duchesse tombèrent aux genoux de leur libérateur pour le remercier. Jacomo comprit leur dessein.

« Vous avez raison, dit-il, en faisant comme eux, prions Dieu qu'il bénisse nos projets.

— Oui, reprit la duchesse, et qu'il répande sur vous les rayons de sa grâce divine; qu'il vous envoie le bonheur dans ce monde, la félicité des anges dans l'autre. »

Le lendemain, à la pointe du jour, la duchesse, vêtue en femme du peuple, et son fils partirent pour Naples avec Paola. Le duc se revêtit aussi des habits de sa nouvelle profession que lui procura Jacomo. Le jour même, ils furent tous les deux dans la ville, portant sur leur tête des statuettes en plâtre et criant devant toutes les portes : « Santi belli ! santi belli ! Voilà le marchand !

Eh ! Jacomo ! par ici ! par ici ! »

On les appelait de tous côtés. Dans quelques heures leurs statuettes furent vendues. Jacomo présenta son beau-frère à toutes ses connaissances, son beau-frère qui allait partir pour l'Angleterre. Chacun le félicitait et lui souhaitait un bon voyage. Le duc joua son rôle à merveille. Le lendemain et les jours suivants, ils recommencèrent, de sorte que quand vint l'heure du départ, personne ne fut surpris, et le duc monta à bord sans qu'on soupçonnât la moindre supercherie.

La traversée fut heureuse. A peine débarqué à Londres, le duc se rendit chez son ami, lord Cloexton, où il devait trouver la duchesse, si rien n'avait mis obstacle à son départ ; elle était arrivée depuis trois jours. Rien ne peut peindre la joie des deux époux en se voyant réunis après tant de traverses et de tourments. Quelles actions de grâces ils rendirent à Dieu ! Comme ils le prièrent pour le bon Jacomo, sur la tête duquel ils avaient amassé peut-être bien des malheurs. Cette pensée les préoccupait souvent et troublait leur félicité. Après un mois de séjour à Londres, ils partirent pour la France.

Une tante de la duchesse habitait Paris depuis plusieurs années; cette tante avait toujours eu pour sa nièce une vive tendresse, elle possédait en outre une grande fortune; le duc et sa femme reçurent chez elle le plus bienveillant accueil. Le duc avait laissé à Naples un ami dévoué qui le tenait au courant de tout ce qui se

passait. Un jour cet ami lui écrivit que Jacomo, accusé d'avoir favorisé son évasion, avait été arrêté et mis en prison ; mais, grâce à la faveur dont il jouissait à la cour, il avait obtenu du roi la liberté de l'honnête mouleur, à la condition que, dans les vingt-quatre heures, il quitterait le royaume ; depuis le pauvre homme était parti avec sa femme et son fils, sans qu'il eût pu découvrir de quel côté ils s'étaient dirigés. Le duc fut profondément affecté de cette nouvelle ; son bienfaiteur banni de sa patrie, forcé d'aller chercher sur une terre étrangère des moyens d'existence pour lui et sa famille, que peut-être il ne pouvait se procurer ! le chagrin qu'il en ressentit fut d'autant plus violent qu'il ne pouvait se dissimuler que lui seul avait causé son infortune. Toutes les recherches qu'il fit pour découvrir sa retraite furent infructueuses. Une fille que le ciel lui donna vint faire diversion à ses tristes pensées ; cependant au milieu de sa joie son inquiétude sur le sort de Jacomo le tourmentait toujours.

Ferdinand étant mort, le duc de Calabre, son fils, lui succéda au trône des Deux-Siciles. Loin de rappeler les fidèles amis qui s'étaient sacrifiés pour lui, le nouveau roi maintint, dans toute sa vigueur, l'arrêt prononcé contre eux par son père. Le duc lui-même, qui avait toujours été plus avant que les autres dans son intimité, n'obtint qu'à force de sollicitations et de démarches d'être réintégré dans ses biens ;

quant à la faveur de rentrer dans sa patrie, elle lui fut refusée. Il se résigna donc à se fixer en France. Le duc était naturellement bienfaisant; sa fortune, déjà considérable, s'était prodigieusement augmentée à la mort de la tante de sa femme. Il s'informait des malheureux, et quand il savait une honnête famille dans le besoin, ou un pauvre ouvrier qu'un accident empêchait de travailler, il leur faisait distribuer des secours. C'est surtout à l'égard de ces marchands de statuettes que l'on rencontre dans les rues de Paris, qu'il se montrait bon et généreux. Ces gens-là sont presque tous Italiens ou Piémontais. Le duc les attirait chez lui et les interrogeait, espérant recueillir d'eux quelque indice qui le mît sur les traces de Jacomo; il ne les renvoyait jamais sans acheter toutes leurs marchandises, qu'il payait dix fois leur valeur. Avec le temps, ses inquiétudes sur le sort de son libérateur devenaient plus vives. Cent fois, il avait raconté à ses enfants tout ce qu'il devait à ce brave homme; il ne se passait pas de jour qu'il ne leur parlât de lui; il leur avait appris de bonne heure à bénir sa mémoire et à prier Dieu pour lui. Matin et soir, dans leurs prières, son nom n'était jamais oublié.

Sur des indications qui lui parvinrent que,

depuis quelque temps, un Italien, exerçant le métier de mouleur, était venu se fixer à Bruxelles, le duc, supposant que ce pouvait bien être Jacomo, partit inopinément pour cette ville ; sa femme voulut l'accompagner. Ils confièrent le soin de leur maison et la surveillance de leurs enfants à un serviteur dévoué ; d'ailleurs, Mario avait seize ans, et Léona, sa sœur, venait d'atteindre sa huitième année ; ils étaient donc parfaitement tranquilles sur leur compte. A Bruxelles, leur espérance fut encore déçue ; ils y trouvèrent en effet l'homme qu'on leur avait dépeint, mais ce n'était pas celui qu'il étaient venus chercher.

Le surlendemain du départ de leurs parents, Mario et Léona revenaient d'une promenade au bois de Boulogne ; à quelques pas de leur hôtel, ils entendent une voix fraîche et sonore qui criait :

« Santi belli ! santi belli ! Voilà le marchand ! achetez, mes bons messieurs, achetez. »

Léona regarda son frère.

« Mario, lui dit-elle, si papa était là, il lui prendrait toutes ses statuettes ; faisons-le entrer à l'hôtel, nous lui achèterons tout et nous le payerons bien ; papa ferait comme ça, j'en suis sûre ; il nous approuvera, sois tranquille.

— C'est cela, répondit Mario, et nous le questionnerons; nous le ferons bien jaser.

— Oui, oui, il ne sera pas timide avec nous ; nous ne lui en imposerons guère ; il pourra parler librement. »

Ils donnèrent l'ordre au domestique d'aller chercher le marchand. On l'introduisit dans une pièce d'entrée. C'était un jeune homme de quinze à seize ans à la mine fine et éveillée.

« Combien cette statuette? lui demanda Mario.

— Trente sous, mon beau monsieur.

— Et celle-ci ? fit Léona.

— Vingt-cinq sous, ma belle demoiselle.

— Et celle-là ?

— Celle-là ? Vingt sous.

— Celle-là ?

— Quinze.

— Celle-là ?

— Vingt-cinq aussi.

— Celle-là ?

— Quarante.

— Et celle-là ?

— Oh ! celle-là est de trois francs. Mais vous avez l'air de vouloir tout prendre. S'il en est ainsi, je vous diminuerai quelque chose, parce que ça se montera à une bonne somme ; et une bonne somme me serait si nécessaire dans ce moment!

— Pourquoi ça?

— Mon pauvre père est malade; il ne peut pas travailler: c'est moi qui fais tout cela. Je travaille la nuit; le jour je cherche à vendre. Il le faut bien; les remèdes coûtent si cher! Et quand je pense qu'hier je n'ai pas pu lui procurer ce qu'il fallait, faute d'argent... ça lui aurait fait peut-être tant de bien!

— Pauvre jeune homme? dit Léona. Et qu'a donc votre père?

— Des chagrins. Ça date de loin. On nous a chassés de notre pays.

— Chassés ! s'écria Mario.

— Oui, parce que mon père, qui est un brave homme, avait favorisé l'évasion d'un grand seigneur qu'on voulait mettre à mort.

— Que dites-vous ?

— La vérité. Mon père me l'a raconté bien des fois. Oui, mon bon monsieur, pour cette bonne action-là, on l'a exilé.

— Et comment s'appelle votre père ?

— Jacomo Bonola.

— Jacomo Bonola !

— Et moi je suis Alberti Bonola, son fils. Nous sortîmes donc du royaume ; nous allâmes dans les états du pape ; puis dans le Piémont. Mais l'ouvrage n'allait pas ; et nous fûmes si malheureux, si malheureux ! que ma pauvre mère ne put résister aux privations qu'il nous fallut endurer. Elle mourut à Turin.

— Est-il possible !

— Hélas ! oui. Nous ne pûmes plus rester dans un pays où nous avions fait une perte si cruelle ; alors nous vînmes en France. Mais ce coup avait été funeste à mon père ; il en éprouva un chagrin si violent qu'il tomba malade. Depuis il ne s'est jamais rétabli. Aujourd'hui il est bien mal.

— Le ciel vous le conservera, dit Léona.

— Je l'espère, mademoiselle ; je le prie tous les jours pour cela. Dieu est si bon ! il exaucera la prière d'un fils qui lui demande la santé de son père.

— Oui, oui, ayez confiance en lui. Et où demeurez-vous ?

— Rue de Sèvres, numéro 63. »

Léona fit signe à son frère de la suivre dans la pièce voisine.

« C'est lui ! dit-elle à Mario, quand ils furent seuls ; il faut le secourir.

— Tu as raison. Eh bien ! achetons toutes ses statuettes ; et donnons-lui-en le prix qu'il nous en a demandé.

— Ce n'est pas assez, reprit Léona ; avec ça il n'aura pas beaucoup de remèdes pour son père.

— C'est vrai ; mais, si nous lui donnons plus, nous l'offenserons peut-être.

— Dame ! ça se pourrait bien. Écoute ; il me vient une idée. D'abord ne lui disons pas qui nous sommes, afin de laisser à papa la faculté de faire comme il l'entendra. Selon lui, toutes ses statuettes se montent à une quinzaine de francs.

Voici une bourse dans laquelle j'avais mis trois pièces d'or.

— Tiens, mets-y aussi celles-ci, dit Mario, en prenant dans la poche de son gilet trois autres pièces qu'il joignit à celles de sa sœur.

— Bon ! ça fera six. Maintenant retournons vers lui, et laisse-moi faire. — Marchand, dit-elle au jeune homme, nous gardons tout : voici pour cela quinze francs. » Elle glissa en même temps trois écus de cinq francs dans la bourse.

« Que vous êtes bonne, mademoiselle ! Voilà de quoi soulager mon père, dit-il en s'emparant de la bourse.

— Prenez garde de la perdre.

— Oh ! soyez tranquille, mademoiselle.

— Mettez-la dans votre poche ; et promettez-moi de ne la sortir que lorsque vous serez arrivé chez vous.

— Oui, oui, mademoiselle.

— Parce qu'il y a des malfaiteurs dans Paris ; et, si on vous la voyait, on pourrait fort bien chercher à vous la voler.

— Me la voler ! oh ! il n'y a pas de danger ; je saurai bien me défendre. Mais, pour plus de sûreté, je vous promets de la laisser là et de ne l'en retirer qu'à la maison.

— C'est cela. Maintenant retournez vite auprès de votre père, et ne le laissez manquer de rien.

—Oh ! pour cela soyez sans inquiétude. Merci, mademoiselle ; merci, monsieur ; et que Dieu vous récompense pour tant de bonté. »

Le jeune marchand s'éloigna, bien résolu à ne point montrer son petit trésor aux passants.

Quand il fut parti, Léona dit à son frère :

« Crois-tu que papa nous blâme de ce que nous avons fait là ?

— Quelle idée ! S'il nous blâme, ce sera de ne pas avoir assez fait. Je suis sûr que, dès qu'il sera de retour, son premier soin sera de se transporter au domicile du brave Jacomo ; et il saura bien le forcer à accepter ses secours. »

Le jeune marchand regagnait sa demeure, le sourire sur les lèvres et le bonheur dans l'âme ; hâtant le pas, tant il était impatient de montrer à son père le produit de sa vente. Il ne se possédait pas de joie en pensant qu'il avait là de quoi acheter une bonne partie des remèdes que le médecin avait prescrits. Il calculait d'avance dans sa tête tout ce qu'il pourrait se procurer avec cet argent, lorsque, sur le point d'atteindre son logis, des cris : « Au voleur ! au voleur ! » se font entendre derrière lui. Son premier mouvement est de porter la main à sa poche, pour bien se convaincre que la bourse y était encore. Rassuré sur ce point; mais effrayé des cris qui continuaient toujours, il se

met à courir de toutes ses jambes. Parvenu au fond de l'allée qu'il habitait, il se retourne, et aperçoit deux hommes qui semblaient le poursuivre. Alors la peur le gagne; il redouble de vitesse, monte quatre à quatre les marches de l'escalier tournant, arrive tout haletant au cinquième étage, ouvre précipitamment la porte, et entre. Mais les deux hommes ne l'avaient pas perdu de vue ; ils entrent en même temps que lui, en s'écriant :

« Nous le tenons ; tu ne nous échapperas pas. »

Jacomo était couché ; il se redresse sur son lit :

« Qu'est-ce donc, messieurs ? demanda-t-il ; que voulez-vous ?

— Arrêter un voleur.

— Un voleur ! répétèrent à la fois le malade et son fils.

— Oui, oui ; une bourse contenant des pièces d'or vient d'être dérobée à une dame, dans cette rue, à vingt pas d'ici ; et voilà le coupable.

— Mon fils ! ce n'est pas possible.

— Moi, un voleur ! ce n'est pas vrai.

— Pourquoi vous sauviez-vous donc si vite ?

— Qu'est-ce que cela prouve ? je vous dis que je ne suis pas un voleur.

— C'est ce que nous allons voir. »

Et ils se mirent en mesure de fouiller le pauvre jeune homme, qui voulut s'y opposer ; mais il n'était pas le plus fort, et il ne put empêcher la visite de ses poches.

« Qu'est-ce donc ceci ? dit l'un d'eux en retirant la bourse.

— On vient de me la donner avec les quinze francs qui sont dedans ; c'est une vente que j'ai faite.

— Voici bien en effet trois pièces de cinq francs de ce côté ; mais de l'autre ?...

— De l'autre, il n'y a rien.

— Ah ! il n'y a rien ! et ça ? »

Il venait d'en retirer les six pièces d'or, et les montrait d'un air triomphant.

A cette vue, le jeune homme demeure interdit ; il ne sait que répondre. Le malade le regarde et jette un cri déchirant.

« Mon père ! mon père ! fit Alberti en courant à lui ; je suis innocent ! je suis innocent ! »

Son père le repousse de la main.

« Va-t'en, lui dit-il, va-t'en ! tu es un misérable ! »

Et il s'évanouit.

Au bruit qu'avait occasionné cette scène, les voisins étaient accourus ; ils protestèrent tous de la bonne conduite et de la probité du jeune mouleur.

« Merci, mes amis ! merci ! leur dit Alberti ; mais aidez-moi à secourir mon père.

Il voulut se précipiter de nouveau vers le lit ; les deux hommes, qui n'étaient autres que des agents de la police, l'en empêchèrent ; ils se saisirent de sa personne, et, sans être touchés le moins du monde de ses larmes, de ses prières, il l'emmenèrent en prison.

Voilà donc le pauvre Alberti retenu sous le poids d'une accusation infâme, pêle-mêle avec des voleurs de profession. Quel sort affreux pour un cœur honnête comme le sien !

Mais rien n'était comparable à ce qu'il éprouvait de douleur et de honte en pensant que son père avait pu le croire coupable.

« O mon Dieu ! disait-il dans le fond de son âme, ayez pitié de moi ; désabusez mon père. Qu'un rayon de votre divine lumière vienne l'éclairer sur mon innocence ; faites-lui voir son fils toujours digne de son amour. Puis rappelez-moi à vous, mon Dieu ! Je mourrai content, si, avant de quitter ce monde, je me sens encore une fois pressé sur le cœur de mon père. »

Rien ne calme comme la prière ; ayez foi en Dieu, mettez en lui toute votre confiance, tout votre espoir. Quelles que soient vos peines, la prière les soulage : c'est un baume bienfaisant qu'elle répand sur les plaies de votre cœur. Alberti ne tarda pas à en ressentir les effets ; quand il eut prié, ses pensées devinrent moins sombres, moins désolantes.

Arrivé à Bruxelles, le duc ne tarda pas à se convaincre que l'Italien dont on lui avait parlé n'était pas celui qu'il espérait rencontrer. N'ayant, par conséquent, aucune raison de prolonger son séjour dans cette ville, il repartit le lendemain pour Paris. Vous jugez quel fut son étonnement en apprenant de ses enfants ce que le hasard leur avait fait découvrir pendant son absence.

Transporté de joie à cette nouvelle, le duc se rendit, le jour même, avec toute sa famille, dans la rue de Sèvres ; c'était deux jours après l'arrestation du malheureux Alberti. Ils montent au cinquième étage, et frappent à la porte qu'on leur avait désignée. Une femme vient leur ouvrir ; ils entrent.

Dans l'angle d'une chambre à peine meublée, sur un méchant lit recouvert d'une couverture de laine grise, un homme était étendu, pâle, amaigri par le mal, souffrant, mais calme, résigné. Un prêtre assis à ses côtés lui prodiguait les secours de la religion : cet homme, c'était Jacomo. Le duc sentit son cœur se briser à ce spectacle de douleur ; il s'arrêta sur le seuil de la porte pour dérober les larmes qui s'échappaient de ses yeux. Quand il fut un peu remis de son émotion, il s'approcha du malade, et lui prit la main :

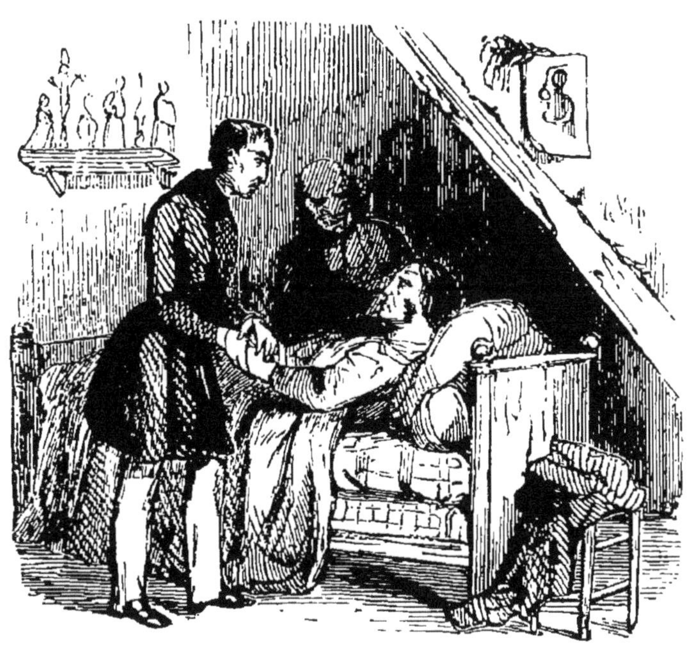

« Mon ami, lui dit-il, je vous retrouve ! dans quel moment !

— Monsieur le duc ! s'écria le moribond en relevant la tête; c'est vous! Oh ! oui, je vous reconnais. Le ciel a donc permis que je vous revoie avant de quitter cette terre !

— Non, non, vous ne mourrez pas; vous vivrez pour vos amis, pour votre fils.

— Mon fils, ah !... »

Il ne put en dire davantage. Ce mot avait réveillé un souvenir poignant ; sa tête retomba lourdement sur l'oreiller ; il perdit connaissance. Pendant que la femme et la duchesse s'empressaient de donner leurs soins au malheureux Jacomo, le prêtre apprit au duc l'action dont son fils s'était rendu coupable. Celui-ci, à qui ses enfants avaient raconté ce qu'ils avaient fait, comprit de suite que le pauvre Alberti avait été victime d'une déplorable méprise. En peu de mots, il fit part au digne ecclésiastique de ce qui s'était passé à son hôtel.

« Il n'y a pas un moment à perdre, ajouta-t-il ; je cours chez le procureur du roi. Vous, mon père, ne le quittez pas ; par vos saintes paroles, faites passer la consolation dans son âme : la vue de son fils innocent fera le reste. Nous le sauverons ; oui, oui, nous le sauverons. »

Le duc fit signe à sa femme de demeurer, et il s'élança hors de la chambre.

L'évanouissement fut long. Lorsque l'infortuné Jacomo eut repris ses sens, le prêtre essaya de lui faire comprendre quelles fatales coïncidences s'étaient réunies pour accabler son fils.

« Il n'est point coupable du crime dont on l'accuse, lui dit-il ; j'en suis convaincu.

— Et moi j'en apporte la preuve, s'écria le duc, qui, dans ce moment, rentrait avec Alberti. Voici un écrit du procureur du roi qui atteste hautement son innocence. Votre fils est rendu à la liberté, mon ami ; vous allez le revoir.

— Où est-il ?

— Près de vous.

— Mon père ! »

Le malade tourne la tête. Un sourire ineffable de bonheur rayonne tout à coup sur son pâle visage ; son fils était là, agenouillé au chevet de son lit. Il lui ouvrit ses bras et réunissant ce qu'il avait de force pour le presser avec amour.

« Mon fils est innocent, fit-il. Tu me le rends digne de moi, mon Dieu ! je te bénis ! Maintenant je puis mourir. »

Ce furent les dernières paroles qu'il prononça ; l'instant d'après il avait cessé de vivre.

Je ne chercherai point à vous décrire la consternation qui s'empara des témoins de cette scène. Le désespoir d'Alberti surtout attendrit tous les cœurs. Le malheureux jeune homme s'était précipité sur le corps de son père ; il l'étreignait dans ses bras, en s'écriant d'une voix brisée par les sanglots :

« Mon père ! Rendez-moi mon père, ô mon Dieu ! Je ne reverrai plus mon père !... »

Puis, comme s'il eût voulu, avec son souffle, ressaisir un reste de vie, il appliquait ses lèvres sur les lèvres glacées de son père, hélas ! qui n'était plus. Sa douleur arrachait des larmes à tous. La voix du prêtre fut encore toute-puissante ; douce, persuasive, elle fit passer dans son cœur le calme et la résignation. Mario et Léona étaient inconsolables ; ils s'attribuaient la mort de Jacomo. Sans eux, pensaient-ils, sans leur coupable idée, Alberti n'aurait point été accusé d'un crime ; et ils ne pouvaient pas se dissimuler que son arrestation et les preuves, en apparence, qui semblaient le condamner, avaient précipité son père dans le tombeau. A leur tristesse, le duc avait deviné la pensée de ses enfants ; il ne les en aima que plus tendrement, parce que de pareils remords, dans ces jeunes cœurs, révélaient une âme sensible, des sentiments nobles et généreux. Quant à lui, pour qui la reconnaissance était une des premières vertus, il n'hésita pas sur le parti qu'il avait à prendre à l'égard du fils de son ami. Il résolut de se charger de lui, de lui faire donner la même éducation qu'à Mario, et de lui assurer, sur sa fortune, une part égale à celle de ses autres enfants. La duchesse approuva les intentions de son mari.

Lorsque le temps eut apporté quelque soulagement à la douleur d'Alberti, le duc lui fit part de ses projets. Le brave jeune homme le remercia de l'intérêt qu'il voulait bien prendre à son sort.

« Repousser vos bontés, monsieur le duc, ce serait vous affliger, je le sens; mais souffrez que je n'en accepte qu'une partie. Vous voulez prendre soin de mon éducation ; c'est un bienfait pour lequel je vous conserverai une reconnaissance éternelle, surtout s'il m'est permis de me perfectionner dans un art dont mon malheureux père m'a donné les premières leçons, et qui a tant d'attraits pour moi. Quant à votre fortune, je n'y dois et n'y veux rien prétendre. »

Le duc ne vit dans ce refus qu'un sentiment de délicatesse qui le charma.

« Et quel est cet art vers lequel vous vous sentez entraîné? lui demanda-t-il.

— La peinture, monsieur le duc. Si je parviens à acquérir quelque talent, j'aurai là une existence selon mon goût, une existence cent fois plus heureuse que celle que je pouvais espérer ; et c'est à vous, monsieur le duc, que je la devrai. »

Le duc craignant de perdre tout le fruit de sa démarche, n'insista pas davantage.

« Eh bien ! soit, lui dit-il, vous pourrez désormais cultiver les heureuses dispositions que vous tenez de la nature. Je ne négligerai rien pour vous mettre à même de réaliser promptement cette vie d'artiste que vous ambitionnez. »

A partir de ce jour, Alberti fut confié aux soins d'un professeur habile, sous lequel il fit de rapides progrès. En peu de temps il put se présenter à l'école des Beaux-Arts, dont il devint bientôt un des écoliers les plus remarquables. Il travaillait avec une ardeur infatigable.

« Oh ! quand pourrai-je atteindre tant de perfection ! se disait-il, chaque fois qu'il se plaçait devant un tableau d'un de nos grands maîtres ; quand pourrai-je imiter ces gracieux contours, ces formes belles et hardies, cette harmonie de ton ! Mon nom serait couvert de gloire ; il passerait à la postérité comme celui de l'auteur de ce chef-d'œuvre ! »

Alors son regard s'animait ; sa tête était en feu et sous la puissance de cette exaltation sublime qui, seule, enfante le génie, il reproduisait sur la toile des formes aussi pures, des teintes aussi riches que celles qu'il avait sous les yeux. Son immense succès n'excitait point la jalousie de ses camarades; il était si bon pour eux, si modeste dans ses succès : tous l'admiraient et rendaient justice à son talent.

Au bout de cinq ans, il concourut pour le grand prix de Rome, et l'emporta sur ses nombreux rivaux. Ce fut le duc qui le décida à se mettre sur les rangs; lui n'osait pas; il ne se croyait pas assez de mérite pour tenter cette épreuve; et, quand son nom fut proclamé à l'unanimité des voix, il doutait encore de son triomphe.

En Italie, Alberti sentit éclore et grandir dans son âme ce feu créateur, sans lequel il n'est point de véritable artiste, et dont, sans doute, en naissant, il avait puisé le germe sous le ciel inspirateur de sa patrie. Deux années ont suffi pour lui donner cette touche vigoureuse qu'on remarque dans tous ses tableaux, cette exécution à la fois brillante et hardie, et surtout cette richesse de coloris qui le place aujourd'hui en première ligne parmi nos peintres les plus célèbres. Il a enrichi la France de plusieurs chefs-d'œuvre; et, vous le voyez, c'est un tout jeune homme; il n'a point encore atteint l'apogée de son talent : jugez de ce qu'il sera un jour. A Rome, où tout son temps était consacré à l'étude de son art, il ne négligea jamais ses devoirs religieux. On le voyait assidument dans les églises; il assistait aux offices divins, et y apportait une piété édifiante. Les félicitations dont il était déjà l'objet ne portèrent point atteinte à ses heureux penchants. Naturellement bon et charitable, au lieu d'employer son argent à des amusements frivoles, il faisait des aumônes aux pauvres, mais toujours sans bruit, sans ostentation.

Dieu lui réservait une juste récompense de ses vertus : gloire, fortune, bonheur l'attendaient à Paris. Le duc, pour célébrer le retour d'Alberti, dont il était fier comme s'il eût été son fils, rassembla chez lui tout ce que Paris renfermait d'illustre. Des pairs de France, des généraux, des avocats, de riches banquiers, les gens de lettres et les peintres les plus renommés s'y trouvaient réunis. Le fils de Jacomo devint bientôt l'homme à la mode ; ce fut à qui l'aurait dans ses salons ; pas un personnage un peu important qui ne voulût avoir dans sa galerie quelque production du grand artiste. Vous pensez bien, d'après cela, que sa position ne tarda pas à devenir brillante. Mais au sein des grandeurs, il n'oublia jamais son origine. Il ne parlait de son père qu'avec amour et respect : il se plaisait à raconter ce temps de son enfance où ils allaient ensemble dans les rues de Castellamare vendre leurs statuettes en plâtre, dont le produit servait à sa mère pour alimenter leur petit ménage.

J'oubliais de vous parler d'une circonstance qui pénétra son âme d'une admiration profonde pour son bienfaiteur, bien plus que tous les témoignages d'intérêt qu'il en avait déjà reçus. Sa première pensée, en arrivant d'Italie, fut d'aller visiter le petit coin de terre où son père avait été enterré. Quelle fut sa surprise ! à cette place s'élevait un superbe mausolée en marbre noir. Alberti croit se tromper et veut passer outre ; mais il s'arrête et jette un cri. Ces mots, en lettres d'airain, avaient frappé ses regards :

A JACOMO BONOLA
SON FILS INCONSOLABLE.

Ému, attendri, il se retourne vers le duc qui l'avait accompagné.

« Ah ! monsieur, lui dit-il, cette marque touchante de souvenir... »

Il ne put en dire davantage ; ses yeux fondirent en larmes ; il tomba à genoux sur la dalle funèbre. Le duc s'agenouilla aussi, et après une fervente prière adressée à Dieu pour le repos de l'âme de celui qui n'était plus, ils sortirent silencieusement du cimetière.

Alors le duc dit à son jeune ami :

« Maintenant, pour que rien ne manque à mon bonheur, je ne forme plus qu'un souhait.

— Vous, monsieur le duc ?

— Oui, et il dépend de vous seul que ce souhait s'accomplisse.

— De moi ! Mais ce n'est pas possible ! N'importe, monsieur le duc, parlez ; quel est-il ?

— Soyez mon fils !

— Que dites-vous !

— En acceptant la main de ma fille.

— La main de votre fille ! moi !... Ah ! monsieur le duc !...

— Écoutez-moi, mon ami ; celui qui s'est élevé par son génie peut aspirer à tout. La véritable noblesse est celle du talent. Le talent, le génie, ce sont, selon moi, des titres dont l'homme doit s'enorgueillir bien plus que de ceux qu'il acquiert en naissant. Voilà mon sentiment sur les choses d'ici-bas. Ainsi donc, si l'un de nous deux doit être fier de cette alliance, je vous l'avoue, c'est moi. »

Alberti se défendit long-temps d'un tel honneur, mais le duc mit dans son offre tant d'instance, tant de grandeur d'âme, que notre jeune artiste accepta, à la condition pourtant que Léona souscrirait elle-même à ce mariage. Il demanda un délai d'un an, au bout duquel la jeune fille serait libre de refuser si telle était son intention. Le duc y consentit. Vous voyez quel a été le résultat de cette épreuve. Pour que tous ceux qui avaient aimé le bon Jacomo eussent leur part de ce beau jour, le duc voulut que le prêtre qui avait adouci les derniers moments du père sanctifiât le bonheur du fils. C'est en effet ce digne ecclésiastique qui a béni il y a huit jours l'union des deux époux.»

— Votre histoire m'a vivement intéressé, dis-je à Arthur lorsqu'il eut terminé son récit. Ce duc si grand, si noble... Alberti Bonola si modeste dans son talent, si délicat... Mais, j'ai beau chercher dans ma tête, je ne connais personne de ce nom parmi nos grands artistes.

— Je le crois, me répondit Arthur ; mais écoutez-moi jusqu'au bout. Le père d'Alberti est né en France de parents français. C'était un homme d'une éducation distinguée; beaucoup de fermeté dans le caractère; juste, probe, et avec cela un cœur excellent. Sous l'empire, il occupa un poste difficile, dans lequel pourtant il sut se maintenir avec honneur. Gravement compromis dans les événements de 1814, il fut obligé de prendre la fuite. Il passa en Italie; et, pour déjouer les recherches dont il était l'objet, il prit le nom de Bonola. Forcé de travailler, car il était sans ressource, il embrassa l'état de mouleur, condition obscure, mais qui par cela même offrait plus de sécurité. Cette vie, simple et tranquille, eut tant de charme pour lui qu'il ne voulut plus la quitter. Il se fixa donc dans le pays. Peu de temps après, il épousa la sœur d'un de ses confrères, et vécut fort heureux jusqu'au moment où, comme vous l'avez vu, son dévouement pour le duc l'obligea de nouveau à s'expatrier, car cette terre de refuge était devenue sa patrie. Voilà les révélations qu'il a faites au prêtre qui l'a assisté à ses derniers moments. A l'appui de cela il lui confia ses papiers en le chargeant de les remettre au duc, avec prière de les communiquer à son fils lorsqu'il aurait atteint sa majorité, et il ajouta :

« Je désire que mon fils porte désormais le nom de son père. »

C'est ce qu'il a fait, c'est ce qui vous explique pourquoi le nom de Bonola vous est inconnu.

— Mais quel est-il donc ?

— Vous admiriez tout à l'heure ce tableau, vous m'en nommiez l'auteur...

— Sans doute, je le connais.

— Eh bien, c'est lui !

— Pas possible.

— Lui-même. Mais le bal est suspendu, la société circule dans les salons ; voici le duc et son gendre, je vais vous présenter. »

Le duc me fit l'accueil le plus gracieux. Il

m'invita à ses soirées du samedi. Je n'y manquerai certainement pas.

« Quel beau caractère ! dis-je à Arthur lorsque nous fûmes sortis, quel digne homme que ce duc de Ronzoni ! »

Ouvrages en vente et approuvés par Monseigneur l'Archevêque de Paris.

Prix : broché, 30 centimes; cartonné, 35 cent.

Histoire de l'Ancien Testament. 3 vol.
Histoire du Nouveau Testament. 2 vol.
Histoire de France. 4 vol.
Promenades géographiq. 2 vol.
Petite Morale en action et en images. 2 vol.
Petite Histoire des Arts et Métiers. 2 vol.
Petite Histoire de Paris et de ses environs. 1 vol.
Eléments de la Grammaire française 1 vol.
Fables choisies de La Fontaine. 1 vol.
Arithmétique. 1 vol.
Pierre Desbordes ou le danger des mauvaises liaisons, par M. d'Exauvillez. 2 vol.
Le Nid de Ramoneurs. 1 vol.
La Bûche de Noël. 1 vol
Histoire d'Angleterre. 4 vol.
Laideur et Beauté. 1 vol.
Les Péchés capitaux, par M. Fournier. 2 vol.
Histoire de sainte Geneviève, p. M. Valentin. 1 vol.
Histoire de saint Vincent de Paul, p. M. Nizart. 1 vol.
Le père Lejeune et Samuel le bon fils, par M. A. Chailly. 1 vol.
L'habitant des Ruines, id. 1 vol.
Les Pains de six livres, par M. H. Berthoud. 1 vol.
Comment on devient heureux, p. Mlle Valmore. 1 vol.
Le Contre-Maître, par M. T. Castellan. 1 vol.
La Visite aux Prisonniers. 1 vol.
Vie de la sainte Vierge, par M. Egron. 1 vol.
Histoire du Culte de la Vierge, id. 1 vol.
Histoire de Hollande, p. M. H. Berthoud. 4 vol.
Histoire de Belgique, par M. Le Glay. 4 vol.
Le Chemin de Keroulas, par M. Ourliac. 1 vol.
Un pauvre devant Dieu, par Mlle Cromback. 1 vol.
Les Pet. Enfants célèbres. 1 vol.
Petite Histoire des Eglises de Paris. 1 vol.
Une Jeune Fille du Peuple, p. Mlle Cromback. 1 vol.
Comment on devient sage, p. Mlle Valmore. 1 vol.

Ouvrages soumis à l'approbation de Monseigneur l'Archevêque et qui paraîtront en 1845. Un vol. tous les samedis.

Vie de M. l'abbé Mérault, vicaire général d'Orléans, p. M. Egron. 1 vol.
Vie de M. l'abbé Anot, de Reims, p. le même. 1 vol.
Les Bienfaiteurs de l'humanité. 1 vol.
Histoire d'Allemagne 4 vol.
Petites Lettres édifiantes, ou Lettres des Missionnaires en Chine et au Japon. 2 vol.
—En Océanie. 1 vol.
—En Afrique. 1 vol.
—D. l'Amérique du nord. 1 vol.
—D. l'Amérique du sud. 1 vol.
Soirées des Enfants, contes, par Mme Desbordes-Valmore. 1 vol.
Les Enfants devant Dieu, par le même. 1 vol.
La Mère de Famille, id. 1 vol.
Souvenirs d'une Grand-Maman, idem. 1 vol.
Les Heures du Berceau. 1 vol.
La Famille du Pêcheur. 1 vol.

IMPRIMÉ PAR PLON FRÈRES, A PARIS.

www.ingramcontent.com/pod-product-compliance
Ingram Content Group UK Ltd.
Pitfield, Milton Keynes, MK11 3LW, UK
UKHW012103240726
13965UKWH00004B/1493

9 782012 977020